Sandra Castillo Takahashi

El corazón de Sarukata

Grupo Editorial Colónida

Lima-Perú

El corazón de Sarukata

Primera Edición, Lima, enero, 2020

© Sandra Castillo Takahashi

Primera edición: enero, 2020. Grupo Editorial Colónida.

© **De la presente edición, 2020: Grupo Editorial Colónida**

Calle 1, Ciudad de Belice-Belice

Teléfono: +31-84-8395262

Correo: grupoeditorialcolonida@gmail.com

Facebook: grupoeditorialcolonida

Diagramación y portada: Grupo Editorial Colónida

Fotografía de la contraportada: Sandra Castillo Takahashi

ISBN: 9798603313702

«Siento el calor de toda tu piel
En mi cuerpo otra vez
Estrella fugaz, enciende mi sed... »

Rata Blanca, banda de rock argentina

Agradecimientos

En primer lugar, quisiera agradecer a Dios y a mi familia por estar siempre conmigo, por todo el apoyo que siempre me brindaron y por impulsarme siempre a cumplir lo que deseaba mi corazón. También quisiera agradecer a todas las personas que me animaron a publicar este libro. A todos, mis agradecimientos eternos por hacer posible este libro que contiene una historia de amor que ahora lo comparto con todos ustedes.

Índice

Prólogo

Hay historias de amor que nacen de la manera menos pensada, en espacios insospechados, con protagonistas que cambian de nombre, pero que viven en nuestra sociedad. Muchas veces, lo prohibido le atrae más al ser humano que lo permitido, pero es una situación que se produce en el momento menos pensado cuando se confunde la realidad con la fantasía, con el enamoramiento de una persona, en esa confusión plena cuando la razón y el corazón luchan en una batalla interminable. Todos estos aspectos y, más, nos entrega Sandra Castillo Takahashi en *El corazón de Sarukata* que es un libro donde se expresa la dulzura de pasión desenfrenada que nace en la protagonista por un amor a veces correspondido por parte de la figura masculina que se presenta como una imagen fantasmal que está presente en todo el poemario. Sin lugar a dudas, el lector encontrará una historia de amor y pasión que lo atrapará de principio a fin.

La editorial

Cuando escuches esta canción

Cuando escuches esta canción,
lee mi piel en tus manos

y descifra lo que podemos sentir...
Escucha mi voz

a través del lenguaje de mis gemidos...
Mírame y encuentra mi alma

con esos ojos cafés que me dominan.
Sé que dejas la luz encendida para verme mejor,
para plasmar el momento en tu mirada,
un tiempo sensual,

pervertido y tierno de mi parte...

Mis ojos entreabiertos
mientras me retuerzo de placeres,
muy suavemente y dura pasión...
Es como si comieses un dulce

mientras lo muerdes.
Tu piel se escarapela

porque tu lengua la domina
y dejas de sentir los pies.
Tus piernas se adormecen
y otros lugares oscuros reaparecen...

Cuando dos cuerpos inciertos

Cuando dos cuerpos inciertos

quieren ser una realidad,

la verdad de la vida

los negará a ser un ser inmortal,

bajo esa rosa amarilla con tonos naranjas

que un día existieron

en la imaginación de una niña

que se escondía entre ese rosal lleno de espinas

mientras meditaba

entre un texto amargo y uno sutil.

Cuando quisimos ser inmortales,

descubrimos cada noche

que existe una manera de querer,

una de esas que parecen ser y no ser…

Quién entiende lo que pasa por mi mente

Quién entiende lo que pasa por mi mente,

sino eres tú, un personaje extraño,

ese que he podido descubrir de a pocos,

desnudando tu perfil,

conociendo esa alegría que llevas,

de esas sonrisas que contagia

y que enamora con el mirar,

que vive la vida queriendo ser inmortal.

Pues no lo eres.

Eres ese ser que siente

y que, a veces, miente,

aquella persona que huye entre melodías

y que sabe de buenos aromas

cuando el amor nos une de piel en piel…

Un vestido blanco y unos labios rojos

Un vestido blanco y unos labios rojos.

Una piel canela y unos ojos marrones.

Un baile acaricia tu piel.

Puedo verte a los ojos

mientras la melodía acompaña mis pies.

Doy vueltas en medio del salón

con este vestido blanco

que se hace transparente a tus ojos...

Mis labios ya no están tan rojos

y puedo rozar tu piel.

No hay corazón que cante.

Solo la melodía del salón

hace latir mi corazón

y, poco a poco,

somos esos amantes de la noche,

esos que solo tienen en sí,

vestidos con el color de la piel.

Nada puede ser más intenso,

ni la música, ni un cantar,

sino la pasión de nuestro ser

que trato de describir

en estas cortas líneas

en esta hoja de papel…

Esta noche es de los dos

Esta noche es de los dos.

Una cuantas copas de vino,

pasta y la luz a bajo nivel.

Las risas van y vienen

y tenemos todo el tiempo del mundo

para contarnos las historias

que escribiremos juntos…

La charla acorta el tiempo.

Tu mirada va seduciendo mis ojos,

una rosa enmarca un grato momento

y la noche se oscurece cada vez más

y aumenta el deseo

de continuar conociéndonos

en las miradas,

en los labios,

y en la piel…

Esta noche se termina.

Un beso sella mi frente

y me pierdo en tus abrazos

mientras los otros duermen

los sueños que no dormimos…

Un día sin sol ni lluvia...

Un día sin sol ni lluvia...

Veo todo girar

mientras mis ojos vuelven a llorar.

Un día sin señal,

solo con tu ausencia

y todo es silencio...

Me engañas,

fingiendo estar,

solo con tu respiración.

Un día, quizás,

dejaré de ser ángel o demonio,

sintiéndote tan cerca

y tan lejos a la vez…

Ese día, tu presencia

ya no se sentirá tan rara

y tu sonrisa alegrará

mis días y mis noches.

No pido que seas el alma perfecta

ni mi príncipe encantado.

Solo te digo

que un día como hoy

ya no será tan largo

y solo así te conoceré más

vestido bajo las sombras

que ahora envuelven mi piel…

Aquí donde nadie sabe de mí...

No se puede ser justo ni correcto a la vez.

Simplemente se vive,

pero sé es más feliz

cuando se siente,

cuando se deja sentir ese momento,

donde los ojos se cierran

y sueñan que se pierden

entre las sombras de la noche

y que viven a la luz del día,

una dulce psicopatía del amor,

un trastorno que lleva más que una historia.

Es ese sentimiento loco

que hoy siento por ti...

Entre el silencio de la noche

Entre el silencio de la noche

y aún mucho por hacer,

el sonido de las manijas de un reloj me atormentan.

El tiempo anda y no regresa

y despierta en mí

sentimientos encontrados,

en una melodía de una canción

que regresa a ensordecer mis criterios…

Hoy miro cómo ha cambiado los tiempos.

Unos caminan solos y otros acompañados,

quizás otros sin saber que existen.

Solo me queda por hacer

lo que un sueño tatuado

en mi corazón me guía,

esa pasión que hoy despertaste

y me llena de satisfacción…

Cuando conoces al profesor

Cuando conoces al profesor
que te dice lo que no harás,
sino lo que podría pasar…

Cuando el profesor te consiente,
te enseña lecciones de vida.
Cuando te dice que vivas
sin criticar y sin juzgar,
solo observa, siente y reacciona.

Ese profesor sabe de procesos,
y de fórmulas de emociones.
Cuando miras a través de sus ojos,
suena la vida, el espacio y el Universo,
dejando a un lado
teorías y conceptos realistas.

En esta clase,

siento mi espíritu más fuerte.

Mi corazón canta con él,

mi profesor favorito….

Tengo miedo

Tengo miedo

de querer quererte,

de no poder tenerte

y querer tenerte siempre.

Tengo miedo

que mis ojos aún cerrados

sigan viéndote

como lo hacen ahora.

Tengo miedo

de sentir tu piel

aún cuando no te tenga

tan cerca al lado mío.

Tengo miedo

de conocerte,

de tener en mi memoria

tus gestos y manías.

Tengo miedo

de escucharte

como lo hago en cada canción,

recordándote…

Tengo miedo de perderte

aún sin tenerte.

Ahora,

tan solo espero

volver a verte...

Una historia incierta del día a día

Una historia incierta del día a día

que crecen con sonrisas.

Momentos felices

mientras otras historias

solo se destruyen en el silencio,

negándose a ser.

Historias sin final,

relatos que solo están para comentar,

sin efecto alguno,

solo dicen esperar

cerrándose la puerta

por dónde empezaron a nacer…

Es la historia donde

cada día a su inicio

solo desea su fin.

Un dormitar que es la llave de ello,

un amanecer que se siente como el anochecer.

Una historia en un cuerpo sin alma

haciendo que muera uno mismo

por decisión de no querer renacer.

El temor lo acongoja,

mirando con esos ojos sollozos

donde un día más

es un día menos…

Desaparece y empieza desde cero

Desaparece y empieza desde cero,

aléjate de mí para siempre,

si así lo deseas.

Vete lejos o búscame…

Solo has lo que sientas

necesario para que estés bien.

Créeme. No moriré.

Lo siento, pero yo sí te quise.

La vida es tan afanosa

que por ahora solo queda

dar pasos agigantados

y escribir lo que mi corazón me dicte.

Sé que lograrás muchas cosas,

tomando decisiones

para reestructurar tu vida.

Eso es muy valioso.

Aunque no me creas,

i love, my teacher...

Acaricia mis sueños

Acaricia mis sueños

con el suave murmullo de tu respirar,

con tus ojos que deseo mirar.

Aunque tú no lo sepas,

hay tanto de mí en ti…

Tienes eso oculto mío

que aflora en tu piel,

un alma tenebrosa

que cualquiera no pudiese soportar.

Entre una canción escrita,

una tonada que resuena en mí,

letras que no pueden ser pronunciadas.

Así puedo quererte…

Unas teclas que buscan

la melodía de mi alma,

se pierde en la oscuridad de la noche,

en los ecos de una calle sin fin.

Sé que no es tan fácil coger tu mano

y gritarte de lejos sin miedos,

viviendo esos tiempos

como los últimos que nos quedan…

Letras que van y vienen dentro de mí.

Todas aceleran mi corazón

y tu sonrisa es lo único

que calma mi ansiedad.

Espero algún día saber que te veré.

Eso tuyo que me identifica,

lo loco y tenebroso que me atraviesa.

Eso que me hace tiritar,

hace que dude mi razón.

Entre dientes sonríes como de lado,

moviendo de lado a lado tu cabeza

con esos ojos que miran fijamente,

leyendo los míos.

Eres un extraño

que solo encaja en mi mundo.

Aquí donde nadie sabe de mí

Aquí donde nadie sabe de mí,

una curva en el camino,

crea una nueva historia.

Tal vez caeré y yo misma me recogeré,

desnuda por la calle gris.

Un frío que no va,

un amor que crea su propia leyenda,

siendo polvo de estrellas volaremos

con el viento de la tarde de septiembre,

Primavera que nace,

un sol que se oculta,

la mitad de un corazón en negro

y otro pintado de color por ti,

dónde un sueño encerrado

se descubre entre un ritmo de jazz,

un par de tontos que se escapan

ante el destino incierto sin fin...

A lo lejos

A lo lejos,

en la mente quedan escenas de risas y llantos,

mientras el corazón tartamudea queriendo hablar.

Un sabor amargo pasa por mi garganta.

Los ojos deben cerrarse,

y, en lugar de eso,

solo me queda dejarlos gritar...

Llora mi amor

por ese amor que te hizo tanto daño,

que te dijo ser amor y te engañó,

que te hizo navegar sin rumbo,

llevándote lejos

de todo aquello

que te hacía muy feliz.

Ahora,

respira hondo y vuelve a tierra,

conmigo o sin mí.

Regresa pronto

y vuelve a sonreír...

Puedo tener los ojos agotados

Puedo tener los ojos agotados,

ahogados, achinados y más...

Solo quiero que sepas

que vivo porque tengo mucho amor..

Lejos o cerca

hay un corazón y una razón que vive.

No puedo irme más allá de lo que ya me fui.

Ya no puedo acercarme más

a ese estilo fino y cursi

del yin yang de tu corazón,

a ese sabor a chocolate y café,

dulce y amargo,

algo romántico y maléfico...

A veces un sueño revela más...

Un alma que deambula...

Y no sabe si camina o corre...

Pero abres los ojos

para que ya la vida

no siga pasando

y no sigas cayendo...

Lo sé...

Al despertar,

un café cargado,

Al anochecer,

unos ojos agotados...

Tan solo te escribí

después de mucho tiempo.

Te dejaré un abrazo mío y un final frío

como cuando unas notas musicales cuestionan

la introducción de una canción.

Un tantito más contigo

Un tantito más contigo

porque ahora,

ahora sí...

No hay preguntas más allá de un día gris

que empieza y acaba como otros,

pero yo defino si sonrío o si lloro,

si camino o me pongo a correr.

Pero hoy pedí, un tantito más contigo...

Solo un tantito de tiempo pido contigo,

ese tiempo que no volverá

y que ahora queda conmigo…

Hice cosas que nunca

Hice cosas que nunca

pensé que pudiera hacer.

El amor me hace hacer locuras

y en parte soy feliz,

pero una parte de mí

queda inundada de tristeza.

Todavía no sé porqué...

Hoy, igual que estos cortos días,

estuve pensándote

con esta soledad que no termina

cuando te siento tan cerca

y tan lejos a la vez…

El mundo gira y espero verte pronto

El mundo gira y espero verte pronto

para seguir descubriendo

cosas nuevas en nuestra galaxia...

Cosas extrañas pasan

cuando veo en tus ojos

ese fuego que me quema por dentro,

que recorre tu piel y mi piel,

mis labios y tus labios

que duermen juntos

en un lejano universo.

No tardes mucho

que aquí te espero

en esta estrella solitaria

que te espera desde lejos…

Que diría yo del amor

Que diría yo del amor,

si mi corazón está enrojecido de ti,

abochornado porque te fuiste,

porque no te reconocí,

porque estuviste y te fuiste

dejando un gran vacío en mí.

Que diría yo del amor,

si fui feliz contigo y sin ti,

si te tuve tan cerca

y me hiciste feliz,

si te tuve lejos

y, aún así,

me hiciste sonreír.

Que diría yo del amor,

ese sentimiento

desconocido y perdido,

con un toque vegano y carnal,

que nos recuerda

en esta noche intensa

vestidos con la luz de la luna

mirándonos frente al mar.

Que diría yo del amor,

envuelta en el olor de tus recuerdos,

atrapada con el sonido de tu voz,

hablándote en mi espejo

aquí en mi habitación.

Que diría yo del amor,

eso tan ambiguo

entre una risa y una sonrisa perdida,

en un silencio total,

mientras los iris de tus ojos

descubren en mi alma

esa extraña pasión

que llevo muy dentro de mi corazón…

Amarrado a ti, amor

Amarrado a ti, amor,

mirándote de cerca,

con tu frente en mi frente,

con tus labios en mis labios,

con tu piel y mi piel…

¿Cómo no quererte así?

si estás aquí en mi mente

y, hoy por ti,

vuelvo a sonreír…

Te siento en todo momento

Te siento en todo momento.

Puedo verte durmiendo a mi lado.

Puedo sentir tus besos,

ver tus ojos,

tu sonrisa,

tu piel...

El sonido de una melodía,

entre cuerdas de guitarra

y un tarareo que cae muy lento,

se hacen más profundos...

Puedo ahora contar esto al aire

y dejaré que el viento se lo lleve...

Ese amor que te dije,

ese dolor de estómago que me causas.

No quiero volver a sentirlo.

Mi vida ha llegado a ser solo yo

Sí, esa soy yo,

esa que deja de sentir,

que guarda ese amor en una mochila

y la cierra con lágrimas desconocidas…

No quiero que te vayas como lo hiciste

No quiero que te vayas como lo hiciste.

No me dejes tu mirada,

tu sonrisa y tus buenas vibras.

Quiero que ese abrazo

no se aleje nunca de mí....

Ese recuerdo tuyo en mí,

Esa alegría que irradiabas

Pero el propósito de conocerte

fue de mucho valor en mí.

Esa fuerza del día a día,

esas ganas de seguir ...

Hoy te vas así

y me parece lejano

y me causa dolor en el corazón

el saber que nunca más vendrás aquí.

Pero me causa consuelo

la enseñanza de vida que me dejaste.

Solo, por eso, tal vez esté de acuerdo,

pero no estoy de acuerdo

que te vayas muy lejos

con tu adiós

y todos mis recuerdos…

Debo irme de tus ojos

Debo irme de tus ojos,

esconderme de tus pensamientos,

no contestar tus llamadas

y guardar en silencio

ese dolor inmenso

en el centro de mi ser...

Puedes decir que tengo miedo.

Lo acepto,

Pero, definitivamente,

debo alejarme de ti...

Si tan solo me dijeras que me quede

Si tan solo me dijeras que me quede,

yo, encantada, lo dejaría todo

para estar junto a ti toda la vida.

Ahora,

dime ¿dónde estas?

porque solo tú

sabes lo que continúa

en esta historia de amor

que aún no termina…

Recordaré tus enseñanzas

Recordaré tus enseñanzas,

tu habilidad para resolver la vida

y, así, sabré que fuiste un sueño

que solo estaba en mi cabeza,

Así me cueste y me estremezca,

aunque mis ojos y mi voz me delate,

aunque mi corazón por ti aún late,

debo olvidarme de ti...

Al ver el sol y la luna,

te pienso

y te siento en mi piel

con tus experiencias

que fueron las mejores…

La vida premia y castiga

y no tengo porqué juzgar la mía.

Tan solo sé.

que debo olvidarme de ti...